LA MALÉDICTI

MIXTE
Papier issu de
sources responsables
FSC® C022030

Couverture : Nicolas Duffaut

© 2013 Éditions NATHAN, SEJER, 25 avenue Pierre de Coubertin, 75013 Paris, France
Loi n° 49-956 du 16 juillet 1949 sur les publications destinées à la jeunesse,
modifiée par la loi n° 2011-525 du 17 mai 2011.
ISBN 978-2-09-254437-2
N° d'éditeur : 10223958 – Dépôt légal : septembre 2013 – N° d'impression : 602257
Imprimé en France en mars 2016
par La Nouvelle Imprimerie Laballery (58500 Clamecy, Nièvre, France)

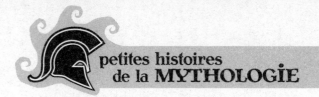
petites histoires
de la MYTHOLOGIE

la
malédiction
d'Œdipe

Hélène Montardre

Illustrations de Benjamin Bachelier

Nathan

1

UNE EXCELLENTE IDÉE

Seul dans son coin, Œdipe fixe le sol d'un air sombre. Autour de lui, les rires et les chants résonnent dans la grande salle où ses amis sont réunis. L'instant d'avant il était parmi eux, à boire et à manger. À présent, il n'a plus aucune envie de les rejoindre.

Hyllas s'approche et lui lance une bourrade amicale.

– Arrête, Œdipe ! Viens avec nous !

Comme Œdipe ne répond pas, Hyllas insiste :

– Tu ne vas pas croire ce que raconte Ténos ? Il a bu. Et tu le connais, dans ces cas-là, il est capable d'inventer n'importe quoi !

Un instant, Œdipe est tenté d'écouter Hyllas.

Ce serait si facile. Oublier les mots que Ténos a claironnés, et recommencer à festoyer comme si

rien n'était arrivé. Il le sait, après tout, que Ténos est connu pour ses mauvaises plaisanteries !

Mais celle-ci est trop grave et elle le touche de trop près.

Hyllas lui saisit le bras et l'entraîne :

– Allez, viens !

Œdipe se dégage.

– Je n'en ai plus envie, marmonne-t-il.

Il n'ose pas ajouter la petite phrase qui empoisonne sa tête : « Et si Ténos avait raison ? »

Il rend sa bourrade à Hyllas et annonce :

– Je rentre.

Sa décision est prise. Seules deux personnes peuvent le convaincre que Ténos a menti, et il va les interroger. Il a toute confiance en elles ; il est certain qu'elles lui diront la vérité.

Polybe, le roi de Corinthe, est furieux.

– Ténos a dit quoi ? rugit-il, le visage rouge de colère.

Œdipe jette un regard à Mérope, sa mère. Elle garde les yeux baissés, attendant que son époux retrouve son calme.

– Euh... hésite Œdipe.

À cet instant précis, il songe qu'il aurait

mieux fait d'écouter Hyllas, d'oublier les paroles de Ténos et de continuer à faire la fête. À elle seule, la réaction de son père suffit à le rassurer.

Mais il est trop tard et il poursuit à voix basse :

– Ténos m'a traité de... Enfin, il prétend...

Il finit par se jeter à l'eau et lance d'une traite :

– Il a dit que je n'avais aucun droit sur le trône de Corinthe parce que je ne suis pas vraiment votre fils...

Voilà, c'est lâché. Il a osé répéter la monstrueuse affirmation de Ténos.

– Pas vraiment notre fils ! éclate Polybe. Que signifie ce « vraiment » ? On est le fils de quelqu'un ou on ne l'est pas, ce n'est pas plus compliqué que ça ! Ta mère et moi t'affirmons que tu es complètement notre fils, et que nous t'aimons comme tel, termine-t-il doucement.

Œdipe pousse un soupir de soulagement. Il était sûr que son père prononcerait ces paroles, mais il est quand même bien content de les entendre.

Déjà Polybe se dresse et déclare :

– Je vais aller trouver ce Ténos et lui apprendre ma façon de penser, et...

Œdipe l'interrompt précipitamment :

– Non, père ! Je vais m'en occuper moi-même. Ne t'inquiète pas.

Plusieurs jours ont passé.

Œdipe a tenu sa promesse et est allé dire à Ténos ce qu'il pensait de ses mensonges. Cela s'est terminé par une belle bagarre entre les deux garçons. Depuis, ils ne se parlent plus.

Œdipe est malheureux. Pas seulement parce qu'il est fâché avec Ténos, mais parce qu'un doute demeure, tout au fond de lui.

La nuit, il se réveille en sursaut.

Dans ses rêves, d'étranges scènes de son enfance surgissent. Cette phrase : «Il ne serait pas vraiment le fils de Polybe et Mérope», il l'a déjà entendue. Enfin, il croit. Mais dès qu'il ouvre les yeux, ses souvenirs s'évanouissent et il a beau essayer, il ne parvient pas à les rattraper.

Il ne parvient pas non plus à se rendormir.

Résultat, il est fatigué, de mauvaise humeur et il en perd même son bel appétit. Et puis, il n'a plus confiance en personne, pas même en Hyllas à qui il n'ose se confier.

Un jour, Hyllas l'interroge :

– Tu penses encore à cette histoire avec Ténos ?

Œdipe prend son temps avant de répondre :

– Je sais que Ténos a juste essayé de faire l'intéressant. J'ai pris une décision, cependant. Je vais aller à Delphes, consulter la Pythie et...

Œdipe s'interrompt, étonné. Cette idée, il vient juste de l'avoir, exactement à l'instant où il l'exprimait à voix haute !

Et il est aussitôt certain qu'il s'agit d'une excellente idée.

La Pythie est la grande prêtresse d'Apollon. Le dieu sait tout de ce qui s'est passé autrefois et il est aussi capable de prédire ce qui se produira dans l'avenir. Si on a un doute ou une question, on interroge la Pythie, et Apollon répond par son intermédiaire.

Œdipe est très content. À Delphes, il est sûr d'apprendre quelque chose sur lui-même.

2
QUESTION SIMPLE, RÉPONSE ÉTRANGE

Dès le lendemain, Œdipe revêt une tenue de voyageur. De bonnes sandales pour marcher sur les chemins ; un grand manteau pour se protéger du froid et de la pluie ; un chapeau pour affronter le soleil ; un long bâton pour l'aider à grimper les côtes et pour se défendre si nécessaire ; et une besace pour ranger ses provisions.

Puis il se met en route.

Il traverse des plaines, franchit un bras de mer, s'engage dans les montagnes. Bientôt, il parvient à Delphes et s'arrête, frappé par la beauté des lieux. Le sanctuaire est installé au pied de hautes falaises rouges qui s'élancent droit vers le ciel. Des dizaines de temples s'étagent les uns

au-dessus des autres, ruisselant de lumière. En bas, dans la vallée, une plaine couverte d'oliviers frémit sous le vent, jusqu'à la ligne bleue de la mer qui scintille à l'horizon.

Œdipe se mêle aux pèlerins qui viennent consulter l'oracle et gagne la porte ouverte dans l'épaisse muraille qui protège les lieux.

À pas lents, il emprunte la voie sacrée qu'il gravit jusqu'au temple d'Apollon. Là, on lui explique comment il doit procéder pour consulter la Pythie.

Le jour suivant, il suit à la lettre les instructions reçues.

Se lever à l'aube ; se purifier à la fontaine Castalie ; payer la taxe ; apporter une chèvre qui sera offerte en sacrifice à Apollon ; et, enfin, entrer dans le temple.

Ils sont cinq, ce matin-là, à descendre dans les profondeurs du temple par un escalier faiblement éclairé.

La Pythie marche devant eux. Ils ne voient d'elle qu'une mince silhouette enveloppée de voiles. Nul ne connaît son visage ni le son de sa voix.

Quand ils parviennent dans une salle au sol dallé, le prêtre qui les accompagne leur fait signe de s'arrêter et de prendre place sur des bancs de pierre adossés au mur.

La Pythie ne se retourne pas. Elle traverse la salle et ils la voient disparaître dans une autre pièce.

Œdipe tend le cou pour tenter de voir ce qu'elle fait. Inutile. D'abord, il ne voit rien ; et ensuite, le prêtre explique à voix basse :

— Elle boit l'eau de la source Cassotis qui lui donnera l'inspiration. À présent, elle mâche des feuilles de laurier pour faire venir le dieu. La voilà qui s'installe sur son siège. Ce n'est pas un siège comme les autres, mais un trépied, assez haut. Il est placé au-dessus d'une crevasse d'où montent des vapeurs...

Le prêtre se tait.

Des bruits étranges proviennent de la pièce voisine, tandis qu'un parfum inconnu se répand. Des voix retentissent, mais impossible de saisir une parole ! Parfois, un grondement remplace la voix, ou alors un grand éclat de rire fait frisonner les cinq pèlerins.

Le prêtre est resté debout. La tête basse, il

écoute, car lui seul saura transmettre aux pèlerins les paroles du dieu. De temps en temps, il hoche la tête. À un moment, il se retourne et lance à Œdipe un lourd regard.

Œdipe a la bouche sèche. Il comprend que la Pythie vient de répondre à la question qu'il a posée au dieu juste avant de pénétrer dans le temple.

Une question très simple : «Polybe et Mérope sont-ils bien mes parents ?»

Il doit attendre encore un long moment.

Peu à peu, les voix se taisent et l'odeur s'estompe. La salle où les pèlerins se trouvent redevient une salle comme les autres, mais eux savent qu'ils ne seront plus jamais tout à fait comme les autres. Car le dieu a répondu à leurs interrogations !

Le prêtre passe de l'un à l'autre et énonce les réponses. Les oreilles d'Œdipe bourdonnent si fort qu'il ne parvient pas à entendre une seule parole. Heureusement, quand le prêtre s'arrête devant lui, le bourdonnement cesse et les mots résonnent, terribles :

— Toi, Œdipe, ton destin est tracé : tu tueras ton père et tu épouseras ta mère.

Œdipe est figé sur place, la bouche ouverte, l'œil vide, les poumons prêts à exploser. Il ne respire plus !

Quand il reprend son souffle, il bégaie :

– Mais... Mais... Ce n'était pas ça, ma question !

Trop tard, le prêtre a tourné les talons.

Œdipe voudrait se précipiter dans la pièce voisine, interroger lui-même la Pythie, lui dire que le prêtre se trompe, que ces paroles ne s'adressaient pas à lui, qu'il y a une erreur... Mais la porte est close, et les pèlerins commencent déjà à remonter les marches, chacun emportant sa réponse avec lui.

Œdipe leur emboîte le pas. Peu à peu ses pensées s'organisent et il a honte d'avoir douté du prêtre. Comme si un prêtre d'Apollon pouvait commettre une erreur ! Il se hâte d'effectuer un sacrifice pour effacer ce vilain soupçon et ne pas s'attirer la colère du dieu, puis il commence à réfléchir.

La Pythie n'a pas répondu à sa question, mais elle a fait beaucoup plus : elle lui a donné un avertissement. Et donc, indirectement, elle a répondu. Oui, Polybe et Mérope sont bien ses parents, mais s'il n'y prend pas garde, la terrible prédiction s'accomplira.

Comme il a bien fait de venir la consulter ! Grâce à elle, il sait ce qu'il doit faire à présent : ne pas retourner à Corinthe. Mieux encore, fuir aussi loin que possible. Ainsi, s'il ne revoit pas ses parents, rien n'arrivera. C'est le prix à payer pour éviter que l'irréparable se produise.

Les yeux pleins de larmes, Œdipe franchit les portes du sanctuaire et tourne le dos à Delphes, à Corinthe et à sa vie passée. Il marche à grands pas sur la route, sans se retourner, sans plus hésiter. Il se promet de ne jamais revenir à Corinthe du vivant de Polybe et Mérope. Il sait aussi qu'aucun jour de sa vie ne s'écoulera sans qu'il ait une pensée pour eux.

3

UNE RENCONTRE FÂCHEUSE

Œdipe marche, les lèvres serrées et le regard fixe.

En quelques jours, il a l'impression d'avoir vieilli de plusieurs années. Son avenir était tout tracé : fils de roi, il prendrait la suite de son père. Et voilà qu'il n'a plus rien ! Son avenir, il devra l'inventer ; et s'il veut un royaume, il lui faudra le trouver.

La route s'enfonce dans la montagne, suit des précipices vertigineux ou se faufile entre de sombres rochers. Bientôt, elle croise une autre route qui part vers le nord.

Le carrefour est étroit et bloqué par de jeunes chevaux qui, attelés à un char, piaffent nerveusement. Cinq serviteurs s'agitent sous les ordres d'un homme dressé sur le char. Il est grand, ses

cheveux commencent à blanchir et sa voix est autoritaire.

Les chevaux se calment et s'engagent sur la route d'où arrive Œdipe. L'un des serviteurs lui lance :

– Pousse-toi, voyageur ! Tu encombres le chemin.

Piqué au vif, Œdipe répond :

– Moi, tout seul, à pied, j'encombre le chemin ? Alors que vous êtes six avec un char et des chevaux que vous n'êtes pas capables de tenir ? C'est plutôt à vous de me laisser la place !

Et il se plante au milieu de la route, les jambes écartées, bien décidé à ne pas céder.

– Chassez-moi cet impertinent, ordonne l'homme sur le char sans même effleurer Œdipe du regard.

Aussitôt, deux valets se précipitent. D'un habile coup de bâton, Œdipe les déséquilibre. La tête du premier heurte un rocher tandis que le deuxième roule sous les sabots des chevaux qui se cabrent.

Furieux, l'homme du char brandit son fouet et en cingle Œdipe. Fou de rage, Œdipe réagit aussitôt. Il lève son bâton et l'abat sur la tête de l'homme. Puis il le jette à bas du char et s'acharne sur lui. Deux valets viennent à son secours. Tant pis pour eux. Œdipe ne sent plus sa force, il les massacre.

Le dernier valet ne demande pas son reste, il s'enfuit à toutes jambes.

Œdipe est seul, haletant, avec cinq morts à ses pieds et les chevaux soudain calmés qui le regardent d'un air interrogateur.

– Pourquoi leur aurais-je cédé le passage ? marmonne-t-il entre ses dents.

Il rajuste son manteau, ramasse son chapeau qui a roulé dans la poussière, assure fermement sa main sur son bâton, et il repart, sans se retourner.

Pendant des jours, Œdipe chemine. Il explore les montagnes et longe des vallées ; il remonte vers la mer, puis revient vers l'intérieur des terres ; il découvre de nombreux paysages, beaucoup plus que durant toute son existence à Corinthe !

Le paysage qu'il observe aujourd'hui est différent.

Une ville s'allonge sur la hauteur qui domine

la plaine. Derrière elle, des collines couvertes de forêts dessinent une douce courbe sur le ciel.

– Comme c'est paisible, murmure Œdipe.

Une étrange émotion lui serre le cœur.

« Ce serait un bel endroit pour vivre, se dit-il. En tout cas, les gens de cette contrée doivent être accueillants. »

La route serpente dans la plaine avant de grimper vers la cité. Il l'emprunte et franchit enfin les portes.

Il s'attendait à trouver des rues animées et pleines de rires et de chansons s'échappant des maisons. Il n'en est rien. Les passants qu'il croise le saluent, la mine basse, avant de se détourner.

Œdipe arrête l'un d'eux, un vieil homme qui avance doucement en s'appuyant sur sa canne.

– Dis-moi, vieillard, quel est le nom de cette cité ? demande-t-il.

– Thèbes, répond le vieil homme.

– Que se passe-t-il ici ? Vous avez l'air si tristes ! Comme si un grand malheur avait frappé la ville.

– C'est le cas, répond l'homme. Notre roi, Laïos, est mort, assassiné sur les chemins par une troupe de bandits venus d'un pays voisin.

– Que faisait votre roi sur les chemins ? interroge Œdipe.

– Il se rendait à Delphes, consulter l'oracle.

L'homme considère Œdipe quelques instants et, voyant que celui-ci l'écoute avec attention, il poursuit :

– Vois-tu, étranger, nous subissons la présence d'une drôle de créature. Elle se tient non loin d'ici, au bord de la route, et interpelle celui qui passe. Elle lui propose un marché : s'il résout l'énigme qu'elle va lui poser, elle disparaîtra à tout jamais. Sinon…

– Sinon ? relève Œdipe.

– Sinon elle le dévore. Mais ses énigmes sont invraisemblables ! Impossible de trouver la solution. Résultat, plus personne n'ose sortir de la ville et rares sont ceux qui veulent encore venir ici.

– Mais moi, je ne l'ai pas vue, cette créature ! s'exclame Œdipe.

– Parce que tu es arrivé par une autre route, explique le vieillard.

– Et votre roi était allé demander au dieu comment se débarrasser de ce monstre, n'est-ce pas ? l'interrompt Œdipe.

– C'est ça. À présent, nous n'avons toujours pas de solution et nous n'avons plus de roi.

– Qui dirige la cité, alors ?

– Créon, le frère de notre reine, Jocaste.

– Conduis-moi auprès de lui.

Créon répète la même histoire à Œdipe et conclut :

– Je n'ose abandonner la cité pour aller à Delphes. Et ici, nul ne veut courir le risque d'affronter ce monstre.

– À quoi ressemble-t-il ? demande Œdipe.

– C'est une Sphinx, répond Créon en frissonnant.

Une Sphinx ! Jamais Œdipe n'aurait pensé rencontrer une telle créature ! Il n'hésite pas longtemps et propose :

– Moi, je n'ai rien à perdre, et j'ai assez envie de voir cette Sphinx de mes propres yeux ! Si tu me le permets, j'irai la trouver et j'essaierai de résoudre l'énigme.

Créon l'observe longuement et déclare :

– Étranger, voici ce que j'ai décidé : celui qui débarrassera Thèbes de la Sphinx épousera la reine et deviendra notre roi. Es-tu prêt à l'accepter ?

Œdipe hoche la tête.

– Alors, dit Créon, si les dieux le veulent, tu régneras sur Thèbes.

4

EN VOILÀ UNE ÉNIGME !

Œdipe trouve facilement l'endroit que la Sphinx occupe.

Autour d'elle, le paysage est désolé, comme si le feu avait ravagé le pays. Les arbres sont morts, les cailloux ont remplacé l'herbe et des ossements jonchent les alentours. Il marche à pas prudents. Le monstre ne va-t-il pas jaillir de nulle part et lui tomber sur la tête ? Pour se défendre, il n'a que son bâton de voyageur.

Il avance de plus en plus lentement. L'air est si pesant qu'il a du mal à respirer. Le silence est total. Même les oiseaux ont déserté les lieux !

Et soudain, il l'aperçoit. Elle est assise sur un rocher et pose sur lui un regard amusé.

Œdipe s'arrête net.

Jamais il n'a vu un visage de femme aussi

gracieux. Un teint frais et rose ; de grands yeux malicieux ; un nez droit et petit ; une bouche qui s'étire en un sourire charmant ; des cheveux soyeux qui tombent sur un cou gracile.

Cette tête est posée sur un buste tout aussi séduisant. Mais le reste du corps n'est pas celui d'une femme. C'est celui d'une lionne. Deux grandes ailes accrochées aux épaules complètent l'ensemble. Œdipe s'attendait à tout, sauf à cette créature si belle et si terrifiante !

– Eh bien, ne reste pas planté là ! dit la Sphinx d'une voix mélodieuse. Approche.

Œdipe ne bouge pas. Quelque chose lui dit qu'il ferait mieux de partir en courant et de ne jamais remettre les pieds ni ici ni à Thèbes.

La Sphinx a dû deviner ses pensées, car elle éclate d'un rire léger.

– Tu ne vas pas t'enfuir, tout de même ?

Œdipe se reprend.

Non. Il ne s'enfuira pas ; il ne trahira pas la parole donnée à Créon.

Il s'approche à pas lents.

Juchée sur un rocher, la Sphinx est plus grande qu'il ne l'avait cru. Ou alors, elle grandit au fur et à mesure qu'il avance. Il s'arrête devant elle

et grimpe sur une grosse pierre pour être à sa hauteur. Il n'y parvient pas tout à fait ; elle le domine encore d'une tête.

Elle plonge son regard vert dans les yeux d'Œdipe et déclare :

– Voilà ! C'est beaucoup mieux ainsi. Tu ne trouves pas ?

Œdipe s'apprête à approuver, il se retient. Il ne doit surtout pas oublier qu'il est en train de discuter avec un monstre terrible, et que sa vie est en jeu !

– Tu es jeune, voyageur ; et beau. Qu'est-ce qui t'amène par ici ?

Œdipe s'éclaircit la voix et répond, essayant d'être aussi naturel que la Sphinx :

– J'avais envie de te rencontrer.

– Oh ! C'est tellement gentil ! s'exclame la Sphinx.

Œdipe a de plus en plus de mal à croire que cette charmante créature est à l'origine des ossements qui jonchent le sol autour de lui. Ils ont dû se tromper, à Thèbes ! Ou alors, ils se sont moqués de lui et ils ont tout inventé : leur roi assassiné par des brigands, les énigmes de la Sphinx, les voyageurs dévorés...

Une petite voix dans sa tête tente de le raisonner :

« Est-ce que le paysage serait aussi désolé si cette Sphinx était vraiment celle qu'elle prétend être ? »

D'ailleurs, la Sphinx fronce ses jolis sourcils et annonce :

– Bon, tu connais le marché, je suppose ?

Œdipe acquiesce lentement. Il ne peut s'empêcher d'observer, cependant :

– J'ai du mal à croire que tu sois la cause des ossements qui sont là...

La Sphinx lui adresse un sourire taquin :

– Que veux-tu... C'est mon côté lionne ! On ne se refait pas...

– Tout de même, essaie Œdipe. Dévorer les passants sous prétexte qu'ils ne savent pas résoudre tes énigmes, n'est-ce pas un peu exagéré ?

– Je te rappelle que si tu réponds, c'est moi qui disparais ! réplique la Sphinx d'un ton sec. Le marché est honnête, non ?

– Si on veut, marmonne Œdipe.

– Bien. Tu es prêt à présent ? Écoute et sois attentif.

Œdipe se raidit. La voix de la Sphinx est devenue étrangement dure.

Pourtant, c'est avec une grande douceur qu'elle reprend :

– Voici l'énigme du jour. Quelle est la créature qui marche à quatre pattes le matin, à deux pattes le midi, à trois le soir et est la plus faible quand elle en utilise le plus ?

Mille pensées tourbillonnent dans la tête d'Œdipe tandis que la peur s'empare de lui. Ils avaient raison, les Thébains ! Les énigmes de ce monstre sont invraisemblables. Et puis, c'est impossible de se concentrer avec ce regard vert posé sur lui…

La voix de la Sphinx lui parvient de très loin :

– Tu trouves ? Je ne vais pas attendre toute la journée, moi…

Œdipe se secoue. Il doit absolument se ressaisir. Il se répète l'énigme : « Quatre pattes le matin, deux le midi, trois le soir… »

Il s'examine. Lui-même a deux pattes et il en a toujours été ainsi.

Puis ses yeux tombent sur son bâton dont l'extrémité est plantée dans le sol à côté de son pied droit, et une image lui revient : celle du

vieil homme à qui il s'est adressé à son arrivée à Thèbes. Il s'appuyait si fermement sur sa
canne que celle-ci constituait presque une troisième jambe !

Un sourire naît sur les lèvres d'Œdipe. Il a
trouvé !

– Tu n'as plus beaucoup de temps, annonce
la Sphinx.

– Je n'en ai pas besoin, réplique Œdipe. J'ai
la réponse.

La Sphinx hausse un sourcil.

– Vraiment ?

– Vraiment.

La Sphinx se redresse, déploie ses ailes et
déclare :

– Je t'écoute.

– C'est l'homme ! s'exclame Œdipe. À l'aube
de sa vie, quand il est un bébé, il se traîne à
quatre pattes et c'est là qu'il est le plus faible. Au
milieu de sa vie, quand il est en pleine force, il
avance sur deux jambes. Et au soir de son existence, quand le poids des ans l'a affaibli, il s'ap-
puie sur un bâton ; voilà sa troisième jambe.

Alors, tout va très vite.

La Sphinx pousse un hurlement terrible tandis

que ses ailes battent l'air désespérément. Le rocher sur lequel elle est assise vacille et Œdipe sent la terre trembler sous ses pieds. Le sol s'ouvre soudain et un gouffre sans fond apparaît.

La Sphinx bascule doucement, tente de se rattraper, sans y parvenir. Elle lance un regard de détresse à Œdipe. Un instant, celui-ci a envie de se précipiter, mais il est cloué au sol. La Sphinx sombre dans les entrailles de la terre et le gouffre se referme avec un claquement sec.

Aussitôt, le ciel se dégage, les arbres reviennent à la vie, l'herbe reverdit et le chant des oiseaux éclate. Œdipe regarde autour de lui.

La malédiction est levée. La Sphinx a disparu ; à tout jamais.

5

Une curieuse accusation

Les années ont passé.

Œdipe est roi de Thèbes et il a épousé Jocaste. Quatre enfants sont nés ; deux garçons, Étéocle et Polynice ; et deux filles, Antigone et Ismène. Ils forment une famille unie et heureuse. Quant à la Sphinx, elle n'a plus jamais fait parler d'elle ! Thèbes a retrouvé sa prospérité et tous s'accordent pour dire qu'Œdipe est vraiment un bon roi.

Pourtant, depuis quelque temps, Œdipe est soucieux. Une épidémie s'est abattue sur Thèbes. Elle touche les plantes, qui pourrissent dans le sol ; les bœufs, que l'on retrouve morts dans les prés ; et, pire encore, les hommes, les femmes et les enfants qui, dès qu'ils sont frappés par la terrible maladie, meurent en quelques jours.

Des devins ont été consultés et des sacrifices offerts aux dieux. En vain. Le fléau ne recule pas.

Œdipe a envoyé Créon à Delphes pour consulter l'oracle et savoir ce qu'il convient de faire. Quand son retour est annoncé, il part à sa rencontre tellement il a hâte de connaître la réponse du dieu. En le voyant venir vers lui d'un bon pas, il pousse un soupir de soulagement. Créon a le sourire aux lèvres !

– Alors ? interroge Œdipe avec impatience.

– J'ai la réponse ! réplique Créon. Un crime est resté impuni. Voilà la cause de cette épidémie ! Si nous voulons qu'elle cesse, nous devons trouver les meurtriers et les juger.

– Un crime ? Quel crime ? s'étonne Œdipe. Il me semble avoir toujours rendu la justice de façon équitable et...

– C'était avant ton arrivée, l'interrompt Créon. Il s'agit des meurtriers de Laïos, notre ancien roi.

– Mais où sont-ils ? s'exclame Œdipe.

– Le dieu a dit : « Sur votre territoire. »

– Alors, il suffit de chercher, conclut Œdipe. Laïos a été tué en dehors de la cité, n'est-ce pas ?

– Oui, en allant consulter l'oracle de Delphes, rappelle Créon.

– Ah oui, c'est vrai ! À l'époque, on a parlé de brigands. Mais n'y a-t-il eu aucun témoin ?

– Un seul. Un de ses valets en a réchappé, et c'est par lui qu'on a su pour les brigands.

– Qu'on retrouve ce valet. Je veux l'interroger. Il se souviendra peut-être d'un détail qui nous mettra sur la piste.

Œdipe s'adresse alors aux Thébains qui se sont rassemblés à l'arrivée de Créon :

– Écoutez bien. Faites savoir autour de vous que si le coupable se dénonce, je le laisserai quitter le pays sain et sauf. Mais s'il ne se dénonce pas et que nous le découvrons, il sera banni. Nul ici n'aura plus le droit de lui parler, ni même de l'associer à ses prières. Il mourra en solitaire.

Œdipe se détourne et s'apprête à rentrer au palais. Il s'arrête cependant et demande :

– Ah ! Et qu'on fasse venir le devin Tirésias. Il a le don de voir ce que voient les dieux et il vit à Thèbes depuis longtemps. Peut-être pourra-t-il nous dire quelque chose.

Faire venir Tirésias n'était peut-être pas une bonne idée.

C'est ce qu'est en train de se dire Œdipe en

observant le vieillard aveugle. Tirésias est debout au milieu de la pièce et il se plaint :

— Je suis bien vieux pour être amené jusqu'ici. Laisse-moi rentrer chez moi, ce sera mieux pour tout le monde.

— Que veux-tu dire : « mieux pour tout le monde » ? s'étrangle Œdipe. Tu ne vois pas que Thèbes est en train de mourir ? Il ne s'agit ici ni de toi ni de moi...

— Si, justement... murmure Tirésias.

— Qu'est-ce que tu dis ? Parle plus fort, ordonne Œdipe.

— Si, justement... crie Tirésias.

Œdipe interroge, perplexe :

— « Si » quoi ?

— Il s'agit de toi, dit Tirésias.

— Mais non ! s'exclame Œdipe. Tu n'as rien compris ! Nous parlons de Laïos, le roi précédent.

— Et de toi, s'obstine Tirésias.

Il se tait un instant avant de déclarer :

— Tu es le meurtrier que tu recherches.

Un grand silence s'installe dans la pièce.

« Il est fou, se dit Œdipe. Ou trop vieux... »

Puis la colère s'empare de lui :

– Comment oses-tu ! M'accuser, moi...

Il s'interrompt, frappé d'un horrible soupçon, et interpelle le devin d'une voix dure :

– C'est une invention de Créon, n'est-ce pas ? C'est un coup monté ? C'est lui qui t'a soufflé cette accusation ? Il veut me voir disparaître ; il veut ma place ! Mais pourquoi ? Et comment toi, qui es un si bon devin, tu peux t'associer à cette crapule ? Que t'a-t-il promis ?

Tirésias hausse les épaules.

– Et c'est moi qui suis aveugle... soupire-t-il. Œdipe, tu as peut-être les yeux ouverts, mais tu ne vois rien.

Il tourne les talons et s'en va dignement, une main posée sur l'épaule de l'enfant qui le guide.

– C'est ça ! Va-t'en, vieux fou ! crie Œdipe dans son dos.

Tirésias est à peine dehors que Créon surgit. Il est furieux. Il se plante devant Œdipe et rugit :

– Comment peux-tu prétendre que j'ai poussé Tirésias à te mentir ? À t'accuser ?

– Ce n'est pas vrai, peut-être ? réplique Œdipe, glacial.

– Bien sûr que non !

– Écoute-moi, Créon. Cela fait de longues années que Laïos a été tué et, lorsque cela s'est passé, Tirésias était déjà ici.

– Oui, mais quel rapport...

– À l'époque, a-t-il mentionné mon nom ?

– Non, mais...

– Alors pourquoi aujourd'hui n'a-t-il que mon nom à la bouche ? Il a bien fallu que quelqu'un le lui souffle, non ?

– Attends ! dit Créon en levant la main. Je t'arrête. Je suis le frère de la reine, n'est-ce pas ?

– Ça, au moins, c'est vrai, se moque Œdipe.

– Et cette situation me convient très bien, poursuit Créon. Tu es un bon roi et je vis heureux à tes côtés. Tout le monde me respecte et me salue, cela me suffit. Je ne veux pas ta place ; je ne veux pas de tes soucis. J'ai toujours été pour toi un ami fidèle et je veux le rester.

– Sûrement pas. Comment pourrais-je avoir confiance en toi, à présent ? Je veux que tu quittes Thèbes immédiatement.

– Allez-vous cesser cette dispute ? intervient Jocaste.

Elle vient d'entrer dans la pièce et a entendu les derniers échanges. Elle se tourne vers Œdipe :

– Tu ne vas pas bannir mon frère sur un coup de colère !

Devant son épouse, Œdipe se calme. Il maugrée :

– Qu'il sorte d'ici, en tout cas. Nous verrons plus tard.

6

Un doute terrible

Jocaste pose une main apaisante sur l'épaule d'Œdipe.

— Qui a pu te mettre dans la tête l'idée que mon frère cherchait à te trahir ? interroge-t-elle.

— C'est ce devin… grogne Œdipe.

— Ah ! Les devins ! s'exclame Jocaste. Parlons-en… Sais-tu ce qu'on avait prédit à Laïos ? Que le fils qui naîtrait de notre union assassinerait son père. Or Laïos a été tué par des bandits à un croisement de routes. Quant à l'enfant, dès sa naissance, il a été abandonné dans la montagne. Comment aurait-il survécu ? Tu vois bien que tous les oracles ne s'accomplissent pas. Ne t'en inquiète pas…

Œdipe ne l'écoute plus. Son visage a pâli tandis qu'une crainte lui noue l'estomac.

Un détail l'a frappé dans les paroles de son épouse.

Jocaste s'aperçoit de son trouble.

– Qu'est-ce que tu as ? demande-t-elle.

– Tu as parlé d'un croisement de routes, dit-il. Dans quelle région était-ce ?

– En Phocide, là où la route de Daulis rejoint celle de Thèbes.

– Et quand était-ce précisément ?

– Peu avant que tu arrives dans notre ville et que tu nous débarrasses de cette Sphinx.

Une terrible douleur enserre les tempes d'Œdipe et il porte la main à sa tête en gémissant.

– Que t'arrive-t-il ? s'alarme Jocaste.

– Dis-moi juste quel âge avait Laïos. Et à quoi ressemblait-il ?

– Eh bien… Il était dans la force de l'âge. Grand. Ses cheveux commençaient à blanchir…

Elle examine Œdipe quelques instants et conclut :

– Pas très différent de toi aujourd'hui, finalement.

– Allait-il à pied ? Combien de valets l'accompagnaient ?

– Il était sur un char. Je me souviens des chevaux qu'il avait fait atteler... Ils étaient jeunes et fougueux et pas encore habitués à ce travail. Cinq valets l'accompagnaient.

Un long silence s'installe. Œdipe s'est assis, les épaules voûtées, le visage dans les mains. Quand il redresse enfin la tête, Jocaste le reconnaît à peine tellement il est pâle.

– J'ai accusé ton frère à tort, dit-il d'une voix rauque. Il est innocent. Tirésias avait raison : c'est moi, le meurtrier de Laïos. Et je ne le savais pas...

– C'est impossible, murmure Jocaste.

– Oh si ! Tout correspond. Le croisement de routes, le char, les chevaux, le nombre de personnes qui accompagnaient cet homme...

Œdipe se tait.

Il a raconté son histoire à Jocaste et tous deux pensent la même chose : il est certainement celui que l'oracle a ordonné de trouver ! Et non seulement Œdipe est le meurtrier de Laïos, mais en plus il a pris sa place en épousant Jocaste...

Enfin, Œdipe brise le silence :

– Si c'est moi le coupable, je dois appliquer à

moi-même ce que j'ai annoncé aux Thébains, et quitter cette ville sans espoir de retour.

– Ne prends pas de décision hâtive ! s'exclame Jocaste. Rien n'est sûr ! Le valet qui a assisté à la scène a toujours dit que c'était une troupe de brigands qui les avait attaqués. Tu te trompes sans doute…

Œdipe se reprend :

– Tu as raison, dit-il d'une voix ferme. Je veux voir ce valet. S'il confirme sa version, je suis innocent.

– Créon l'a envoyé chercher, réplique Jocaste. Il est berger à présent. Et il va confirmer ce qu'il a déclaré à l'époque, j'en suis certaine, ajoute-t-elle. Quoi qu'il en soit, n'accorde pas tant d'importance aux paroles de la Pythie. Je te l'ai dit, il avait été prédit à Laïos qu'il serait tué par son fils !

7

L'ORACLE

Sur la route, un messager se hâte. Il arrive de Corinthe et il a une nouvelle d'importance pour le roi de Thèbes. Quand il aperçoit les remparts de la ville, il pousse un grand soupir. Il va pouvoir se reposer ! Et il en a bien besoin, car il ne s'est guère arrêté depuis son départ.

Mais auparavant, il doit accomplir sa mission. Pas question de faire attendre le roi ! Il prend juste le temps d'avaler une coupe d'eau fraîche qu'on lui offre à l'entrée du palais avant de se présenter devant Œdipe et Jocaste.

Encore essoufflé, il salue le roi et la reine, puis il prend une grande inspiration et dit, d'une voix solennelle :

– Je suis envoyé par les habitants de Corinthe. Ils veulent faire de toi le roi de leur cité.

Œdipe est trop surpris qu'il ne trouve rien à répondre.

C'est Jocaste qui comprend.

– Cela signifie, dit-elle, que le vieux roi Polybe est mort, n'est-ce pas ?

– C'est cela, confirme le messager. Et les Corinthiens réclament le retour de son fils.

– De quoi est-il mort ? demande Œdipe d'un ton brusque.

– De vieillesse.

Œdipe sent un immense soulagement l'envahir. Quant à Jocaste, elle lance joyeusement :

– Tu vois, je te l'avais dit : les oracles ne s'accomplissent pas forcément. Lors de ton séjour à Delphes, ne t'avait-on pas prédit que tu tuerais ton père ? Or Polybe est mort et tu n'y es pour rien.

Mais Œdipe reste fermement décidé à ne pas retourner à Corinthe. Car Mérope, sa mère, y vit toujours. Et il a beau ne plus tellement croire aux oracles, il ne peut oublier la seconde partie de celui qu'il a entendu alors qu'il n'était qu'un jeune homme : « Tu épouseras ta mère… »

C'est ce qu'il explique au messager, qui éclate de rire.

– J'aurais pu te rassurer plus tôt à ce sujet !
Tu n'as rien à craindre, je te le garantis.

Œdipe le dévisage, perplexe.

– Pourquoi ?

– Parce que Polybe et Mérope ne sont pas tes
vrais parents. Tu ne risquais donc rien, et eux
non plus !

D'un seul coup, Œdipe se revoit, des années
auparavant. Il prend part à une fête et Ténos le
regarde d'un air moqueur, affirmant : « Pourquoi deviendrais-tu le roi de Corinthe ? Tu n'es
pas le fils de ton père... »

Puis la voix de Polybe couvre celle de Ténos :
« Ténos a dit quoi ? Ta mère et moi t'affirmons
que tu es complètement notre fils... »

– Il m'a menti... murmure Œdipe.

Puis, d'un coup, la lumière se fait dans son
esprit et il se dresse, furieux, le doigt tendu vers
le messager :

– C'est toi qui mens ! Tu es un menteur !

L'autre recule de deux pas en bégayant :

– Mais non, bien sûr que non...

– Quelle preuve as-tu ?

– Je n'ai pas vraiment de preuve, mais...
C'est moi-même qui t'ai remis entre les mains

de Polybe ! Tu n'avais que quelques jours et moi j'étais un tout jeune homme.

Œdipe lui fait signe de poursuivre.

– J'étais berger à l'époque. Je gardais mes troupeaux dans les gorges du mont Cithéron et parfois je croisais des bergers qui venaient de l'autre côté de la montagne. Un jour...

Le messager a un sourire ému. Il reprend et sa voix tremble à cette évocation :

– Un jour, j'ai rencontré un garçon qui avait le même âge que moi. Il avait l'air bien embêté. Il tenait un paquet dans ses mains. Au début, je n'ai pas compris de quoi il s'agissait. Puis un cri s'est élevé. Un bébé. Ce jeune berger avait un bébé dans les bras. Il m'a expliqué qu'il l'avait trouvé plus haut dans la montagne, à l'abri d'un rocher. Il ne devait pas y être depuis longtemps puisqu'il était toujours vivant. Il n'avait pas eu le cœur de l'abandonner. Mais il ne savait pas quoi en faire !

Le messager fait une pause avant de continuer doucement :

– Ce bébé, c'était toi, Œdipe. Je savais que Polybe et Mérope souhaitaient désespérément un enfant ; alors, je t'ai pris. J'ai dit au berger que je m'occuperais de toi et je t'ai apporté au

palais. Ils t'ont tout de suite aimé comme si tu étais leur propre fils.

– Qu'est-ce qui me prouve que ton histoire est vraie ? interroge Œdipe.

Le messager est bien embarrassé. Il n'a que sa parole comme preuve ! Et si le roi persiste à le prendre pour un menteur, il y laissera la vie. Soudain, son visage s'illumine :

– Le bébé que le berger m'a remis avait les chevilles percées et reliées entre elles par une courroie ! Tu es bien placé pour savoir que, malgré les soins de Mérope, tu as gardé des traces de ces blessures. Ne t'arrive-t-il pas de boitiller lorsque tu es fatigué ?

Un profond silence s'ensuit.

Œdipe sait à présent que l'homme ne ment pas.

– Ce berger qui t'a donné le bébé, tu l'as revu ? demande-t-il d'une voix enrouée.

– Non, répond le messager.

– Tu sais d'où il venait ?

– De Thèbes. Il était au service de Laïos.

– Tu le reconnaîtrais ?

– Je crois. Les années ont passé, mais cette scène est gravée dans ma mémoire avec une telle force que…

Le messager s'interrompt, les yeux agrandis de surprise. Tandis qu'il parlait, un homme est arrivé, que deux gardes ont poussé dans la pièce jusque devant Œdipe.

— C'est lui ! s'exclame le messager en pointant le doigt dans sa direction. C'est lui, j'en suis certain.

L'homme qu'il désigne tente de s'enfuir, mais les gardes le retiennent fermement.

— Nous t'amenons celui que tu voulais voir, dit l'un des gardes.

— Le témoin du meurtre de Laïos, complète l'autre.

Œdipe passe sa main sur son visage. Tout est si confus dans son esprit. Il voudrait quitter la pièce, aller marcher dans la montagne, oublier ce qui est en train de se passer ici. Il cherche des yeux Jocaste, espérant une aide de sa part, mais elle a disparu.

Il est seul.

Tous attendent qu'il reprenne la parole. Il se force à articuler :

— Tu es donc le témoin que nous cherchions. Et avant d'être le valet de Laïos, tu étais berger sur le mont Cithéron.

L'homme est trop terrifié pour répondre.

Œdipe enchaîne :

– Te rappelles-tu avoir donné un bébé à cet homme ?

L'autre baisse la tête.

– Si tu ne réponds pas, c'est que tu t'en souviens, conclut Œdipe.

Le messager intervient joyeusement :

– Je suis content de te revoir, dit-il à l'homme. Et tu sais quoi ? Le bébé en question est devant toi. Il est devenu roi de Thèbes !

L'homme lui lance un regard malheureux.

– D'où venait ce bébé ? reprend Œdipe.

– Ne me demande pas cela ! gémit l'homme.

– Si. Et il vaut mieux pour toi que tu me répondes.

– Quelqu'un du palais me l'avait donné, murmure-t-il.

– Qui ?

L'homme reste muet.

– Qui ? tonne Œdipe.

– Jocaste.

C'est comme si la foudre venait de tomber aux pieds d'Œdipe. Il a compris, mais ne parvient pas à y croire. Il demande encore :

– Que devais-tu faire de ce bébé ?

– Le faire mourir. Mais je n'ai pas pu. C'est pour ça... Je l'ai emporté loin et j'ai prétendu que je l'avais trouvé.

– Tu as menti.

– J'ai menti, reconnaît l'homme.

– Et tu as encore menti quand tu as raconté qu'un groupe de brigands avait attaqué Laïos.

– Oui, dit l'homme d'une voix si basse qu'Œdipe l'entend à peine.

– Il n'y avait qu'un homme, ce jour-là, à ce croisement de routes, n'est-ce pas ? Un voyageur qui venait à votre rencontre.

– Oui.

– Alors ne mens plus et dis-moi qui était cet homme.

– Toi, lâche le berger en regardant Œdipe pour la première fois.

L'oracle s'est accompli.

Sans le savoir, Œdipe a tué son père et épousé sa mère.

Jocaste n'a pas supporté la terrible vérité et elle s'est donné la mort.

Quant à Œdipe, il s'est souvenu de ce qu'il avait déclaré aux habitants de Thèbes : « Le meurtrier de Laïos sera banni et condamné à errer sur les routes. »

Il a appliqué ce jugement à lui-même. Il s'est aveuglé pour ne plus voir ce qu'il avait commis, il a repris son bâton et il a quitté Thèbes comme un mendiant.

Seul ?

Non. Quand elle a appris son départ, sa fille Antigone est partie à sa recherche. Et elle l'a retrouvé ! Il a posé une main sur son épaule et, à présent, c'est elle qui le guide sur les chemins de la Grèce.

POUR EN SAVOIR PLUS
SUR L'HISTOIRE D'ŒDIPE

L'histoire d'Œdipe et de la Sphinx appartient à la mythologie grecque. On connaît la mythologie grâce à des textes, des monuments, des statues, des vases et toutes sortes d'objets que l'on a retrouvés. Est-ce que cela signifie que l'histoire d'Œdipe est une histoire vraie ? Pas si simple...

Comment connaît-on l'histoire d'Œdipe ?

En partie grâce à des textes.

Ces textes ont été écrits par des auteurs qui ont vécu il y a très longtemps, comme Hésiode, Sophocle, Pausanias ou encore Apollodore. On connaît aussi cette histoire grâce aux peintures des vases grecs qui montrent par exemple la Sphinx interrogeant Œdipe ; ou encore à travers des statues ou des bas-reliefs représentant la Sphinx.

Qui est Hésiode ?

Un auteur grec. Il a vécu à la fin du 7e siècle avant J.-C.
Dans *Théogonie*, un récit qui raconte l'histoire des dieux, il parle de la naissance de la Sphinx.

Qui est Sophocle ?

Un auteur grec.
Il a vécu au 5e siècle avant J.-C. Dans *Œdipe roi*, il raconte une grande partie de l'histoire d'Œdipe, notamment comment il découvre qui il est vraiment, et comment il se punit.

Qui est Pausanias ?

Un auteur grec.
Il a vécu au 2e siècle après J.-C. Il a voyagé en Grèce et décrit tout ce qu'il voyait. Dans *Description de la Grèce*, il parle du croisement de routes où Œdipe a tué Laïos et il résume l'histoire d'Œdipe.

Qui est Apollodore ?

On ne sait pas vraiment !
On sait qu'un Apollodore d'Athènes a vécu au 2e siècle avant J.-C. Long-temps, on a pensé qu'il était l'auteur de *Bibliothèque*, qui regroupe de nombreuses histoires de la mythologie grecque. Mais aujourd'hui, on pense que les textes de *Bibliothèque* ont plutôt été écrits entre le 1er et le 3e siècle après J.-C. par un inconnu à qui on a donné le nom de « Pseudo-Apollodore ». L'un des textes de *Bibliothèque* raconte une partie de l'histoire d'Œdipe, notamment la rencontre avec la Sphinx, l'énigme qu'elle pose à Œdipe et la façon dont il y répond.

Qui est Œdipe ?

Le fils de Laïos, le roi de Thèbes, et de son épouse Jocaste.

Mais il l'ignore ! Car il a été adopté par Polybe, le roi de Corinthe, et son épouse Mérope alors qu'il n'était qu'un bébé.

Que signifie le nom d'Œdipe ?

Pied gonflé.

Avant que le nouveau-né soit abandonné, Laïos lui a percé les chevilles et les a attachées avec une courroie. C'est cette blessure qui a valu son nom à Œdipe, du grec *oïdos*, « enflé », et *pous*, « pied ».

Laïos avait-il le droit d'abandonner son fils ?

Oui.

Dans la Grèce ancienne, un père n'était pas obligé de garder son enfant s'il ne le souhaitait pas. S'il décidait de ne pas le garder, il le plaçait dans un pot, dans une marmite en terre ou dans une corbeille et il l'« exposait », c'est-à-dire qu'il l'abandonnait dehors. Le bébé pouvait être recueilli par un couple qui cherchait un enfant à adopter ou pour en faire un esclave. Si personne ne le recueillait, il mourait.

Qui est la Sphinx ?

Une créature mi-femme mi-lionne avec des ailes d'oiseau.

La Sphinx est la fille d'Échidna, une créature mi-femme mi-serpent, et d'Orthos, le chien de Géryon, un géant à trois têtes.

Où se trouve Delphes ?

En Grèce continentale. Delphes est située au pied du mont Parnasse, au nord du golfe de Corinthe, dans la province de Phocide.

Où se trouve Thèbes ?

En Grèce continentale. Thèbes est située au nord-ouest d'Athènes, dans la province de Béotie.

Qu'était Delphes dans la Grèce ancienne ?

Un grand sanctuaire.

Pour les Grecs de l'Antiquité, Delphes était le nombril de la terre. Les pèlerins venaient de tout le monde grec pour consulter le dieu Apollon. Apollon est le dieu de la prophétie et de la purification. Il pousse l'homme à s'interroger sur lui-même. L'une des inscriptions gravées sur le temple d'Apollon était : « Connais-toi toi-même. »

Comment le dieu Apollon s'exprimait-il ?

Par l'intermédiaire de la Pythie.

La Pythie était la grande prêtresse d'Apollon. Ses paroles étaient souvent sibyllines. Cela veut dire que la Pythie répondait par énigmes et que ses réponses pouvaient avoir plusieurs sens. Les prêtres interprétaient les paroles de la Pythie pour ceux qui étaient venus la consulter.

TABLE DES MATIÈRES

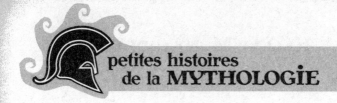

petites histoires
de la **MYTHOLOGIE**

DÉJÀ PARUS

HÉLÈNE MONTARDRE

La Grèce est un pays magique. Chaque montagne, chaque forêt, chaque source, chaque île porte le souvenir d'un dieu, d'une déesse, d'un héros. Chaque lieu raconte une histoire. Ce sont les histoires de la mythologie. On me les a racontées, je les ai lues et relues, j'ai parcouru la Grèce pour retrouver leur parfum. Je ne m'en lasse pas. À tel point que j'ai eu envie d'écrire à mon tour les aventures de ces héros partis explorer le monde, et qui ont laissé leurs traces non seulement en Grèce, mais aussi dans nos mémoires.

Hélène Montardre est écrivain. Elle a publié une soixantaine de livres : romans, contes, récits, albums et documentaires.

Aux éditions Nathan, elle a déjà publié *Le fantôme à la main rouge, Persée et le regard de pierre, Zeus à la conquête de l'Olympe, Ulysse, l'aventurier des mers, Alexandre le Grand – Jusqu'au bout du monde...* et les romans de la collection « Petites histoires de la mythologie ».